U0528706

〔墨西哥〕埃莱娜·波尼亚托夫斯卡 著　　轩乐 译

人民文学出版社

亲爱的
迭戈，
Querido Diego,

齐耶拉拥抱你
te abraza
Quiela

Elena Poniatowska
QUERIDO DIEGO, TE ABRAZA QUIELA
© Elena Poniatowska
c/o Schavelzon Graham Agencia Literaria
www.schavelzongraham.com
Simplified Chinese translation copyright © 2020 People's
Literature Publishing House
All rights reserved

图书在版编目（CIP）数据

亲爱的迭戈，齐耶拉拥抱你／（墨）埃莱娜·波尼亚托夫斯卡著；轩乐译．—北京：人民文学出版社，2020
ISBN 978-7-02-016113-3

Ⅰ．①亲…　Ⅱ．①埃…②轩…　Ⅲ．①书信体小说—墨西哥—现代　Ⅳ．①I731.45

中国版本图书馆CIP数据核字（2020）第031913号

责任编辑	张欣宜
装帧设计	李思安
责任印制	王重艺

出版发行	人民文学出版社
社　　址	北京市朝内大街166号
邮政编码	100705
网　　址	http://www.rw-cn.com

印　　刷	北京盛通印刷股份有限公司
经　　销	全国新华书店等

字　　数	37千字
开　　本	787毫米×1092毫米　1/32
印　　张	5　插页3
印　　数	1—6000
版　　次	2020年10月北京第1版
印　　次	2020年10月第1次印刷

书　　号	978-7-02-016113-3
定　　价	49.00元

如有印装质量问题，请与本社图书销售中心调换。电话：010-65233595

译者序

二十世纪七十年代末，有出版商计划合并出版瓜达卢佩·马林（墨西哥画家迭戈·里维拉的第二任妻子）的两本小说，请埃莱娜·波尼亚托夫斯卡为之作序。在收集材料时，波尼亚托夫斯卡读到了由迭戈·里维拉本人口述、美国学者波特伦·沃尔夫整理出版的传记《迭戈·里维拉的奇妙人生》（*La fabulosa vida de Diego Rivera*）。在翻至关于安赫利娜·贝洛夫的章节时，波尼亚托夫斯卡"停了下来"[1]，她对安赫利娜的遭遇"完全感同身受"[2]，于是把传记丢在一旁，开始动笔写《亲爱

---

[1][2] 见克里斯塔·拉特科夫斯基·卡蒙娜《专访埃莱娜·波尼亚托夫斯卡》。

的迭戈，齐耶拉拥抱你》，并很快完成了这本由十二封信组成的书信体小说。

二十世纪五十年代末，埃莱娜·波尼亚托夫斯卡以记者身份开始了写作生涯，并在随后的二十年里逐渐形成了自己的写作风格，她的文字"混合了历史与文学，糅合了新闻稿件和虚构叙事的特点"。[①]很显然，作家在《亲爱的迭戈，齐耶拉拥抱你》中并没有摒弃自己的风格。然而，这部小说的出版还是引起了不小的争议。发行书籍第一版的出版社否定了波尼亚托夫斯卡为小说增添相关人物照片的想法；在法国，作家最先联系的出版社以该书态度"不够女权主义"而拒绝了译文的出版。人们似乎习惯了作家笔下更为尖锐的社会议题，习惯了她用复合的人物声音来呈现事情的不同维度，习惯了对任何事物都没有简单答案、更倾向于提问的波尼亚托夫斯卡，而不是这个写出绝望爱情信札的痛苦女性。

事实上，作家在这本书中仍旧如以往一样，也在关注

---

① 见卡门·佩里利《埃莱娜·波尼亚托夫斯卡：话语与沉默——创新的新闻报道》。

边缘者,渴望为没有声音的人发出声音。在被波尼亚托夫斯卡作为主要参考资料的《迭戈·里维拉的奇妙人生》中,与里维拉一起生活、创作超过十年的安赫利娜·贝洛夫所占篇幅极小,安静得仿佛一个柔弱的影子。在自己的书里,波尼亚托夫斯卡想做的,恰恰是发出书籍边缘这个沉默人影的声音,发出被大画家的巨大身影和光环挤在角落里的这段真实人生的声音。而一直在各处滔滔不绝的迭戈·里维拉在这本书信体小说中则彻底静音了。他用残酷的沉默击垮了一个全心爱他、与他共同生活多年的爱人,但这沉默的力量也通过小说本身击打在了迭戈·里维拉的身上,击打在了他巨大的形象和永远在他头脑身躯中暴涨的矛盾与激情上。

或许,这本书与作家以往作品明显的不同之处来自波尼亚托夫斯卡对安赫利娜遭遇的"感同身受":在写这十二封信时,波尼亚托夫斯卡感觉"自己变成了她"[1],甚至坦陈,自己也许"以安赫利娜为借口,把想对自己丈夫说的

---

[1] 见克里斯塔·拉特科夫斯基·卡蒙娜《专访埃莱娜·波尼亚托夫斯卡》。

话全都写了出来"[1]。于是波尼亚托夫斯卡的声音和她想象中的安赫利娜的声音合而为一,并进一步抽象成一个等待爱人却再也没有等到回应的女性的心声。不仅如此,我们还在文字间看到了同样作为创作者的女性对创作本身的思考,看到女性创作者所面对的现实的困难与限制,看到她们的热忱、绝望、挣扎、自省与努力,听到了这复合人声背后的复杂人生。

把这十二封信视为卑微的苦情书是不公平的。没有看到握紧的刚毅拳头不代表没有力量。在被消声的环境里,发出声音就是有力的。在共情中想象出的真实,也可以是有力的。

那真实的安赫利娜·贝洛夫的声音呢?在《亲爱的迭戈,齐耶拉拥抱你》出版八年后的1986年,为纪念迭戈·里维拉一百周年诞辰,墨西哥国立自治大学出版了这位俄国女画家的口述自传。讲述到里维拉回归墨西哥前后的那两年,安赫利娜用到最多的字眼是"累了",这与波尼

---

[1] 见克里斯塔·拉特科夫斯基·卡蒙娜《专访埃莱娜·波尼亚托夫斯卡》。

亚托夫斯卡虚构信件中的充沛情感形成了鲜明对比。然而它们并不矛盾，还恰好形成了一个时间跨度，让我们对一份走过了岁月的情感的样貌有了更多的想象。在虚实之间，我们看到的人和事都要更立体得多，或许这也正是波尼亚托夫斯卡的文字一直所追求的吧。

轩 乐

2019年春于格拉纳达

安赫利娜·贝洛夫，1909年

迭戈·里维拉，1910年

目录

1921年10月19日	1
1921年11月7日	3
1921年11月15日	9
1921年12月2日	18
1921年12月17日	21
1921年12月23日	28
1921年12月29日	36
1922年1月2日	46
1922年1月17日	64
1922年1月28日	70
1922年2月2日	82
1922年7月22日	96
埃莱娜·波尼亚托夫斯卡生平简历	105
主要作品	107
附录:安赫利娜·贝洛夫画作	109

1921年10月19日

工作室里一切如常,亲爱的迭戈。你的画笔立在杯子里,很干净,是你喜欢的样子。哪怕是你只画过一条线的最小的纸片,我都很珍惜。早上,我会坐下来给《花月》杂志画插画,好像你还在这里一样。我已经放弃了那些几何图形,画点儿痛苦、灰暗、模糊、孤独的风景倒是让我感觉好一些。我甚至觉得我好像也可以轻易把自己抹去。等杂志出版了,我会寄给你的。我有时会看到你的朋友们,最常见到的是埃利·福尔[1],他总是为你的杳无音信感到

---

[1] 埃利·福尔(1873—1937),法国艺术评论家、艺术史学家。

遗憾。他很想你,说没了你的巴黎很空洞。他都这么说了,更何况我呢。我的西班牙语进步很大,给你寄去这张相片,上面有我特意写给你的话,你可以看看我是不是真的进步了:"你的妻子随相片给你寄去很多吻,亲爱的迭戈。收着这张相片吧,直到我们再相见。照得不是很好,但至少你能在它和之前的那张里,感受到些许的我。你要像以前一样强大啊,也请原谅你妻子的软弱。"

再一次吻你。

齐耶拉

1921年11月7日

没有你的消息，哪怕一行消息都没有，寒冷也没有一点儿要退缩的意思，只想把我们都冻死。一个严冬开始了，它让我想起你我都想忘记的那一个。那时，连你都扔下画布去找炭火了！你还记得吗？塞维利尼一家推着手推车，从蒙帕纳斯一直走到蒙鲁日的另一边才找到了半袋炭。今天早上，给咱们的小火炉添炭的时候，我想起了咱们的儿子。我想起了有钱人家有的奢华的中央暖气，我想它们应该是煤气锅炉烧出来的吧，我还想起了泽亭一家，米盖尔和玛丽亚是怎样把孩子带去了他们在纳伊的公寓好照顾他。我那时不想丢下你不管。我肯定，如果没有我，你都不会从工作中停下来吃口饭。我每天下午都会去看孩子，你则会全神贯注地画当时正在创作的《数学家》。我在街上已经变黑的雪里走着，行人的脚步溅得我一身脏泥，每到那时我的心总是跳得很厉害，因为就要见到儿子了。泽亭一家和我说，在孩子恢复之前就要把他带到比亚里茨去。他们那么悉心地照顾他，让我很感动。尤其是玛丽亚，她把他从摇篮里——那是小迭戈从来不曾拥有过的漂亮至极的摇篮——抱出来时，像护士一样小心。她把白色的毯子和有刺绣的床单拨开，好让我看他看得更真切些，这场景仍然历历在目。"今晚他状况很好。"她开心地小声说道。她整夜守着他。好像她是母亲，我只是访客。事实就是如此，但我丝毫不嫉妒，相反，我向上天感恩泽亭一家的友谊，感恩年轻的玛丽亚为我儿子穿衣的温柔双手。回家路上，我看见了街上那些顶着阴郁脸庞的男人和把自己裹在围巾里的女人，但没有看见一个孩子。所有的消息都是坏消息，门房[1]负责把它们带给我。"巴黎全城都没有牛

---

[1] 本书中出现的楷体部分的原文为法语。——编者注

奶了",或是"听说城市供水系统要关停了,因为没有炭供机器运转了",甚至是"管道里冻住的水就要把它们冻裂了",以及"我的上帝啊,我们都要死了"。几天后,医生宣布小迭戈脱离危险,他的肺炎已经治好了。我们在那之后很快会带他回画坊,弄点儿炭,泽亭一家会来看他,为我们带些茶叶,就是他们从莫斯科带回的那一堆茶叶里的一些。过一阵子,等你工作少一些了,我们会去比亚里茨,三个人一起,孩子、你和我。我想象着带小迭戈去晒太阳,想象他在你腿上,想象他看着海。我也曾想象过幸福美好的日子,像泽亭一家过的日子,他们的房子那样好,那栋房子被高大的松树围绕。玛丽亚曾和我说,它们净化了空气,在那栋房子里,没有苦难也没有定量配给,我们的儿子会因阳光的沐浴和海水中的碘而茁壮成长,开始试着走路。两个星期后,当玛丽亚·泽亭把小迭戈交给我时,我看到她的双眼中闪过一丝恐惧,她用毯子的一角遮着他的小脸,匆忙把他放在了我的怀里。"我本想和他再多待几天的,安赫利娜,他是那么好的孩子,那么漂亮,但我能想象您有多想他。"看到我们走进来,你放下画笔,帮我把小东西在他的床上安顿好。

我爱你,迭戈,现在我的胸口有种几乎无法承受的疼痛。在街上,你的回忆就这样击打着我,我已经走不动了,实在太疼了,我只能倚着墙挪动身体。一天,一个宪兵靠近了我问:"夫人,您病了吗?"我摇了摇头,本想告诉他是为了爱情,但是你知道,我是俄国人,又多愁善感,又是女人,我的口音会出卖我的,法国的公职人员可不喜欢外国人。我接着往前走,每一天都往前走,我一从床上起来就会想,我走的每一步都让我更接近你,很快地,你布展的这几个月 —— 唉,有多少个月啊! —— 就会过去;很快地,你就会寄信给我,好让我永远留在你身边。

以吻环绕你。

        你的齐耶拉

《母性：安赫利娜和小迭戈》，迭戈·里维拉绘，1916年

1921年11月15日

今天我前所未有地思念你,想要你。迭戈,你庞大的身体填满了整个画坊。我不想取下你挂在门后钉子上的长衫——它还保有你臂膀和身体一侧的形状。我没有把它折起来,也没有扫落其上的灰尘,因为我怕它无法再恢复原本的模样,只在我手上留下一块破布。所以,是的,我也许会坐下来哭一会儿。那粗糙的布陪着我,我会和它说话。多少个早上,我回到画坊,像我以前所习惯地那样大叫"迭戈!迭戈!",只因为在楼梯上模糊地望见挂在门旁的袋子,以为那是你坐在火炉前,或是在那里好奇地望着窗外。夜里是我最容易崩溃的时候,白天还好,一切我都可以编造伪装，甚至在画坊见到朋友时也不例外，他们会问我和你之间发生了什么，我却不敢告诉他们我没有收到过你的一行字句。我谎称你很好，在工作，事实上却难为情得很，因为我什么都无法告诉他们。雅各布森想去墨西哥，他往墨西哥国立自治大学给你发了三份电报，把回信的钱都付了，却没有收到一个回答。埃利·福尔有阵子病了，一直抱怨你的杳无音信。每个人都在问你的消息。嗯，至少最开始是这样，现在越来越少了，这是最让我难过的地方。亲爱的迭戈，他们的沉默和你的沉默合而为一，共谋的沉默，真可怕，我们的话题永远都围绕着你或绘画或墨西哥，于是这可怕就凸显得更厉害。我们也会试着谈谈别的事情，我能看出他们的努力，只是一会儿他们就告辞了，我便又会钻进我沉默的疆域里，这疆域就是你，你和沉默，我在沉默的内部，我在你的内部，你就是这缺席本身，我在你的沉默硬壳内部的街道上走着。那天，我清清楚楚地看见了玛丽亚·泽亭，我肯定她也看见了我，但却低下头跑到了人行道的另一端，不愿问候我。也许是因为小迭戈的缘故吧，也许她是可怜我，或只是在忙着赶路，但我却敏感到不行。现在你不在了，我想，我们的朋友都在期盼着。与此同时，他们会联络我，在你还没有回来的时候，他们找我只是为了让我说点儿你的消息。他们并不是为了我而找我，我也接受这一点，说到底，没有你，我真的什么都不算，你对我有多少爱，就决定了我有多少价值，在你还爱我的时候，我对其他人来说才是存在的。如果你不再爱我，我和其他人都不会再爱我。

那时候我还有小迭戈。那会儿画坊里已经不那么冷了，你还记得吗？但是每天还是需要去弄些煤。有几次连你都把做到一半的工作放下了去找煤。我觉得小迭戈并没有康复，至少是没有完全康复。最开始的几天，我总能听到他呼吸中的小小的啰音，他的喘息从来都没有齐整、安静过。我总是焦虑地探头往摇篮里看，这动作惹怒了你："他什么事都没有，安赫利娜，别打扰他了，你都把他的空气给抢走了。"我们可怜的儿子！一天晚上，他开始痛苦地呻吟。1917年，巴黎爆发了一场大规模的脑膜炎。

之后的一切都发生得很快。之前还藏在被单里的孩子的脑袋变得越来越大，那颗头颅肿得像即将爆炸的气球，让你怕极了。你不能看他,你也不想看他。孩子一直哭。我现在都能听到他那让你疲倦的尖叫。每次在街上听见孩子哭,我都会停下来 —— 在他的哭声中寻找小迭戈啜泣时发出的那种特别的声音。泽亭一家那时已经不住在巴黎了。你会出去找煤,我想,应该是因为再也受不了那折磨了。我记得,一个下午,你正试着读报纸,那绝望的表情刻在了我心里:"我不行了,齐耶拉,我什么都不明白,这个房间里发生的一切我都不明白。"你不再画画了。小迭戈死了,几乎只有我们去了墓地,玛丽·布兰查[①]一直流眼泪;她总是说,小迭戈是她的干儿子,是她永远都不会有的儿子。那天的天气冷得很残忍,或许我把它埋进了心里吧。你不在,你一句话都没有和我说,我搀住你胳膊时你连动都不动一下。我把摇篮送给了门房,把小迭戈的所有东西都给了她;我想着,如果我们能再有一个孩子,或许还能管她借回来用用。我一直想再要一个,但你拒绝了我。我知道那样的话,我现在的生活会更艰难,但至少会有个

---

① 玛丽·布兰查(1881—1932),西班牙画家。

《弹吉他的女人》,玛丽·布兰查绘,1917年

《安赫利娜·贝洛夫》,迭戈·里维拉绘,约1917年

意义。我心里很疼，迭戈，你拒绝了再给我一个孩子。一个孩子会让我的生活状况更糟糕，但是我的上帝，他会给我的生命带来多少意义啊！

  我看着灰色的天空，想象着你给我描述过的你的那个蓝得很粗野的天空。真希望有一天可以看到它，在那之前，我要寄给你我力所能及的所有的蓝，吻你，我永远都是你的。

齐耶拉

1921年12月2日

昨天，我一上午都待在卢浮宫，宝贝（我很喜欢叫你宝贝，这称呼让我想起你的父母，我觉得自己好像是你家庭的一分子），我的眼睛都看花了。以前和你一起去的时候，迭戈，我都会崇拜地听你讲，分享你的激情，因为一切来自你的东西都让我兴奋，但是昨天不一样，我自己一个人感受到了，迭戈，这带给了我巨大的快乐。从卢浮宫出来后，我去了沃拉画廊，去看塞尚，在那儿待了三个小时，欣赏他的画作。沃拉先生对我说："我先告辞了，请您独自欣赏。"我向他表示了感谢。我看画看哭了，也是为自己的孤独哭吧，为你、为我哭，哭泣让我轻松了一些，因为说到底，理解是一种令人陶醉的事，它让我获得了生命中最大的喜悦之一。

到家后我就开始画画，画得很顺利，今天一早起来我的头脑还是热的，于是我坐到了你的画架前。我把你留下一半的画布撤下来——对不起，宝贝，一会儿我就重新把它放上去，随后摆上一块全白的布，开始描画。在得到昨天我所感受到的那种启示之后，不可能不才思泉涌。我热忱地画下了从卢浮宫回家路上所遇到的一位女士的脸，她有一双令人称羡的眼睛，不过现在光已经暗下来了，我便开始把我的感动和喜悦写给你。在这漫长的四年间，我第一次感觉到你并不遥远，我被你充盈起来了，也就是说，我被绘画充盈起来了。这几天我想再去一趟卢浮宫：我会看看另外一个厅，比如你很喜欢的尼德兰画派的那个厅；我会抓着你的手，和你一起看，我还会再去那间展出塞尚作品的画廊。画廊的主人很和蔼，很理解我，这给我的心插上了翅膀。我觉得自己重获新生了，这么多年扑在绘画上，这么多在学院中的练习，这么多待在画坊的时间，和你来来去去了那么多趟，到昨天，才终于获得了启示。在给你写信的当下,我的手仍在因情绪激动而颤抖,我亲爱的宝贝,希望你在拿到这张纸时,能在指间感受到这种震颤,并看到正在感动和感恩着的我。同以往一样。

你的齐耶拉

1921年12月17日

有十五天没给你写信了,迭戈,因为我生病了。参观卢浮宫后,我便开始怀着极大的兴奋在画布上创作,当时的我很激动,头也疼了起来。我放下画布,找了一根铅笔,一幅接一幅地画起了草稿,因为纸用光了,我开始在它们的背面接着画。没有一幅让我满意。像你从前会做的那样,我早上四点就起床了,想把构图调整一下,之后的一整天我一直都在做这件事,你无法想象我有多拼命,甚至都没有起身做点儿东西吃,我记起了我们的骨头豆子汤 ——"大杂烩",你那时这么叫它,我突然自己笑起来,想着要是也有这么一个照顾我的安赫利娜就好了,她会求我停一下，哪怕只是一小会儿，好让我吃点儿东西，就这样，我颤抖着持续画到了深夜，一次又一次地从头画起。我觉得你的精神已经占领了我，在我身体里的是你而不是我，这种狂热的绘画欲望也来自你，因此我一秒都不想浪费你对我的占领。迭戈，我甚至膨大了起来，自我充盈着，好像画坊里已经容纳不下我了。那时，我变得像你一样高，和幽灵战斗着——你有一次和我说，你和魔鬼立了约，在那一刻我想起了这句话，因为我的胸腔不断扩大，胸部也肿胀起来，脸颊、下巴也是，整个人就像一个轮胎的钢圈。我找了一面镜子，的确，我那张臃肿宽大的脸就在那里，颤抖着，好像有鼓风机正从里往外吹着，我的太阳穴怎么跳成了这样！我的眼睛！竟红到了这种程度！直到那时，我才摸了摸额头，发觉自己发烧了，这恩赐的发烧！要好好地利用它，深入体会这一刻。我感觉你就附在了我身上，迭戈，仿佛是你的而不是我的手在挥动。再之后发生的事我就不记得了，应该是失去了意识吧，因为第二天清晨醒来时，我倒在画架旁，身上冷得可怕。窗户是敞开的。肯定是我晚上把它打开的，以前你也经常这么做，因为你作画时会觉得自己的身体不断增大，直到覆盖墙壁、角落，铺满大片地面，打破它的界限，最终漫溢出去。我很自然地患上了心绞痛，若不是门房来访，若不是她要来送每日鸡汤，你大概已经在送别你的齐耶拉了。我的身子弱了许多，一直没有出门，只有扎德金①来过，一个下午，他来问我是否有你的消息。我和外部世界的联系已然没有任何价值了。我能有的最大的快乐就是在寥寥几封邮件中看到一封盖有墨西哥邮戳的信，但这是奇迹，而你，并不相信奇迹。从前的我一直都很有激情，绘画是我思考的中心。我已经画了很多年了，当时，圣彼得堡帝国艺术学院的教授都对我赞赏有加，说我的水平远在大多数人之上，说我应该在巴黎继续画下去，那时，我相信自己天赋异禀。我当时想，自己现在仍然只是在绘画之国的异乡人，不过有一天，我会变成它的居民。当我拿到圣彼得堡帝国艺术学院的奖学金时，唉，迭戈，那时我觉得自己是有极高的天分的，那是我无论如何要保护和捍卫的东西！我的最终目

---

① 奥西普·扎德金（1890—1967），生于俄国的法国雕塑家。

标是巴黎，是法兰西艺术院。现在我知道了，实现目标还需要些别的东西。意识到这件事，迭戈，对我来说是当头一棒，我一想到它就会痛苦万分。当然了，我还在希望，希望着，但是从多久前就开始希望了？我仍旧只是个希望。有些时候，你在创作时所经历的折磨会给我安慰，我会想，如果对他来说都这么难，对我来说更是这样啊。但是这种慰藉不会长久，因为我知道，你已经是个很伟大的画家了，你会变得更加非凡，而我则完全确信，我无法比现在的自己再好多少了。我需要精神上的极大自由和极度平静才能开始创作一幅杰作，而关于你的回忆和那些你已经知道的问题不断将我钉在那里受刑，我不想再谈起那些问题了，免得你生厌；我们的贫穷、寒冷、孤独。你也许会对我说，就像你以前说过的，谁都会嫉妒我的孤独，因为我拥有世上所有的时间来计划和完成一幅好的作品，但这些天，我在床上辗转反侧，回忆着我孩子的死，备受折磨（并且我不像你，是为圣火的火焰所围绕）。我知道你已经不再去想小迭戈了；你很健康地斩断了那段关系，让枝条重新生长发芽，你的世界是另一个，而我的世界是我

《两个女人》,迭戈·里维拉绘,1914年

的孩子。我在寻找他，宝贝，我能感觉到生理上对他的需要。如果他还活着，如果他能和我一起分享这个画坊，无论有多难受，我都必须起床去照顾他，给他喂奶、换尿布，仅仅这种被某一个人需要的感觉就会让我好受得多。但现在，他已经死了，没有任何人需要我。在你的墨西哥，在那个我那么想去的墨西哥，你已经忘记了我，大西洋分开了我们。这里的天是灰的，而你们国家的那片天永远是蓝的。我独自挣扎着，这几天一条有点价值的线都没画出来，连这点安慰都没有。

向你悲伤地吻别。

你的齐耶拉

1921年12月23日

《花月》杂志又联系我了,他们还想要一些版画插图,这一下子给我注入了**气力**①,你不知道那简简单单折了四折的一张纸带给了我多少动力。第二天我就去了雷恩街,那是我生病后第一次上街,文森先生在看到我死尸般的苍白之后,对我说:"这就是爱啊。"他想要十幅版画插图,他和编辑委员会特别喜欢你走之前我们一起画的那些。我想起了我们是怎样一起给沙皇委派到巴塞罗那的领事画俄国国徽的,想起了这个在铜版上作画的差事给我们带来了

---

① 直译为气动力学。

怎样丰厚的报酬,想到这里,我不禁在心里笑了起来。那时,海上的空气从窗子飘进来,你感觉好极了;我们一边画一边笑,他们付给了我们相当于我一年奖学金的钱,在去银行的路上,我们简直不敢相信有这么多钱。我向文森先生申请了最长的期限,因为我觉得,由于铜版会释放酸性蒸气,我只能一点一点地完成工作。如果说从前我很难适应那些蒸气,现在对我来说,更难的是胸膜炎造成的越来越重的虚脱。因为前阵子我患了肺炎,宝贝,我之前不想告诉你,怕你担心。现在我已经出门了,这次去《花月》杂志编辑部让我有了新的元气。它让我有机会赚些钱,好去和你团聚,单纯地想到这儿就已经像是被预支了一部分的天堂。我没敢申请他们预支(这次说的是金钱啦)给我什么,但是文森先生自愿先付了我一些报酬。我高兴得想环抱住他的脖子,但最后我只是用最礼貌的方式表达了感谢。我觉得他是那种能看到人性深处并怀有宽容慈悲的人。我因为坐在我的工作台前 —— 其实应该说,坐在你的工作台前 —— 开始画图而感受到了巨大的快乐,我想用这种快乐来弥补目前经济上的困难。感谢文森先生,我有了买炭的钱，还能有四五个土豆在网兜里。这几个月，我的经济状况实在困难，去参加俄国复活节活动也只是为了要他们发的煮蛋和大面包。我一开始拿到了两个鸡蛋，一位已经没有牙的、穿皮大衣的老人把他的给了我，和我说他并不喜欢鸡蛋。就这样，我带着一个大面包和四个煮蛋回了家，够吃四天的了。我还去了达卢街，买了一些盐水腌黄瓜。你还记得你有多喜欢那一桶桶的鲱鱼、黑橄榄、皮罗什基馅饼、香肠、洋葱、库里比亚三文鱼馅饼，还有醉酒时吃美味极了的盐水腌黄瓜吗？在家里，我泡好茶，开始愉悦地品尝第一个煮蛋……你真该看看那些精美绝伦的圣像，藏了那么久，一年就拿出来一次！每一个离开圣彼得堡的俄国人都会带着他的俄式茶炉和他的圣像；圣像游行环绕教堂进行，与此同时，颂歌从教堂中庭传来，那是我听过的最狂热粗猛、令人恐惧的颂歌。现在，那场午夜弥撒仍在我眼前，颂歌从哀悼的部分过渡到复活再到得胜，大蜡烛在下面燃着，照着鱼贯而入的一张张面孔，女人捧着她们盛放彩蛋的盘子，带着她们的复活节蛋糕，一个是鲜奶酪味的，还有一个是叫库里齐的饼干味的，人们带它来是为了得到祝福。但最让我感动的是来自陌生人的拥抱，他们把我抱在怀里，在我的脸颊上大声印上一个个大大的吻。我需要这个，迭戈，需要感受人的温暖。我已经不再祈求智慧或力量，只求一点温暖，只求人能让我在火边取暖，如果想的话，我也许会去彼得格勒餐厅，大家都去那里听巴拉莱卡琴①演奏和吉卜赛歌曲。我很想念俄国食物，只要轻咬一口没有煮烂的蛋，我就会回到童年。你还记得那个大教堂门口的乞丐吗？无论几点总是醉醺醺的那个，只要一有人过去，他就伸出手，用俄语说"请给我点儿买伏特加的钱吧"，你那时觉得他是世上最有说服力的人，你还记得他吗？我没有看见他，有些想他……我去商店问了问他的去向，但是他们什么都不知道。我生命里又缺失了一块，谁让我病了这么久都无法上街！回家的路上，我跑去找那些你仔细观察过的脏脏的黑房子，钻进了那个潮湿的黑黢黢的小院子，看了看亮着的窗户。我做了笔记，从你那里，我学会了做笔记，学会了去表达而

---

① 即三角琴，是俄罗斯的民族乐器。

不是把一切都偷偷憋在心里,学会了去行动,每一天都动笔去画、去做、去说,而不是只思考,不去隐瞒自己的感动,因为这些充实的活动、这种扩张和完满的情感,我觉得自己强大了。如果可以的话,我会画出那个俄国唱诗班和它的丰富性。我在昏暗的教堂中庭描出了几张蜡像般的面孔,我觉得他们异常生动。回家的路上我去了河畔,清澈的水映着同样清晰的天空。渡船是仅有的黑色的东西。它们的阴影把水也染成了黑色。不时会有小船拖一下渡船,把它往上游拖一段,我一直不知道为什么。那时,一种纯洁的来自宗教信仰的感动侵入了我,同样的情怀曾令年轻的我痛楚感伤:那时,我在圣彼得堡,午夜晚餐之后,主人与仆人会相互亲吻、拥抱,我则会待在自己的房间,难以入睡,只是望着我同仆人们一起洗好熨好的窗帘,还有在角落中被烛光轻柔照耀的拜占庭圣母像。那时我会祈祷,满怀爱意,没有对象,因为那时我没有爱着谁。现在我的爱有了对象吗,迭戈?我需要你,我的宝贝,我把草稿举到空中给你看,我会问自己你是否吃得好,谁在照顾你,你是否还在每日操劳,你火暴的脾气是否缓和了一些,但

《对镜梳妆》,安赫利娜·贝洛夫绘

那是天才的脾气，极富创作力和创造性的脾气，在它之中，你拖曳着自己，仿佛一条河流，汹涌地翻滚着，你沉溺其中，而我们则跟随你没入那瀑布里。我会问自己，你是否会像在巴黎时一样，只为绘画而活，是否在爱着一个新的女人，你选择了哪一个方向。如果真是这样，迭戈，告诉我，我会理解的，难道我没学会理解一切吗？有时候，我觉得应该离开蒙帕纳斯，离开启程路，再也不走进园亭咖啡馆，和过去决裂，但是在得到你的消息之前，我像是瘫痪了。其实你的几行字就会免去我惶恐不安的日日夜夜。迭戈，带着你从前一直温柔相待的我的不安拥抱你。

你的齐耶拉

附：我会用硬纸信封把铜版画的草稿一张一张寄去，好让你也看看，给我提些建议。没有你，在工作上我都觉得自己差极了。

1921年12月29日

我很遗憾自己没有更早开始学画，时间过去那么久了，现在的我多么想念选择了绘画之后在圣彼得堡大学学习的那些年。最开始，我的父亲会去接我，我仍然记得我们的步子怎样在空荡荡的街道上回响，我们怎样（在街上）一边回家一边说话，他会问起我的进步，问起夜间绘画班里有男生这件事是否让我不安。在看到我的信心和我的同学们的礼貌得体之后，他就放心地让我自己回家了。当我拿到圣彼得堡帝国艺术学院的奖学金时，我看到他的脸上全是自豪。

从进入巴黎画坊的第一天起，我给自己排的日程大概只有你会觉得可以接受。从早上八点到中午十二点半，从下午一点半到五点，还有晚上八点到十点。每天画九个小时，你能想象出那是什么样的吗？迭戈，你一定能想象得到，因为你只为绘画而活。我吃午饭时会想，该怎样画出刚刚勾勒出的面庞的阴影；晚饭也吃得飞快，只想着画架上的作品。在练习热涂技巧的那段时间里，我时刻都想着再次推开画坊大门的那刻，想闻到那股熟悉而持久的薰衣草味道。我甚至会去大学里，想进实验室去深入研究绘画中的物理和化学原理。热涂时，我用一把喷枪熔了自己的蜡，好在之后往里面注入薰衣草精油和颜料，大学生们会不时探头进来，问我："颜色调得怎么样了？"吃饭时，要是有人和我说话，我就会生气，气他打乱了我的思路，因为我在不停地想下一笔该怎么画，我总希望它是连续、纯粹而精准的。那时我真是着了魔，迭戈，那时我只有二十岁。那时候的我从来都不会感觉到累，恰恰相反，要是有人逼我放弃那样的生活，我可能会死掉。我不再去看戏，不再去散步，我甚至拒绝了他人的陪伴，因为做别的事的快乐远远比不上我在专业学习中所感受到的强烈快感。安德烈·洛特[1]对我的赞扬引起了同学们的嫉妒。有一次,他在一个从仰视视角画出的脑袋前停了下来,问我:

"这是您独自完成的吗?"

"是的。"

"您在这儿学了多久了?"

"十天了。"

三个已经学习了三年的女同学,一个丹麦人、一个西班牙人、一个法国人,她们凑过来听。

"您真是太有天分了。"

"您想让我再给您看看我创作的另一个脑袋吗?"

"请您快带我去看您的所有作品。您画的每一笔我都想看。"

我把作品都拿了出来,其他的几个同学也都围了过来。我看着其中那个画画得很好的西班牙女孩(她为那些极美的模特画的裸体习作都棒极了,她甚至还会去卢浮宫

---

[1] 安德烈·洛特(1885—1962),法国立体主义画家、艺术教育家。

《中途停靠》,安德烈·洛特绘,1913年

仿绘名作），她的眼睛在他讲话时渐渐黯淡，面庞也失去了神采。而我的脸颊则因为高兴而红通通的。洛特先生的话让我备受鼓舞，星期六的晚上，我也会跑去画，主任看到我时总是很高兴。"贝洛夫小姐，太棒了，别人都在休息或娱乐时，您还来工作。""因为我没有别的事可做啊，先生。"要是星期日画坊也开的话，一定也能在那儿找到我。星期日我会上圣克鲁去，迭戈，我很喜欢那条路，总是带着速写本在绿色田野的果树下漫步。我就像一个用铅笔而不用照相机记录的摄影师。我画满了四分之三个笔记本，在有画的某一页的页角，我还写着时间表，现在看起来真好笑，因为我那样安排时间，每天只给自己五个小时睡觉，一小时用来洗澡穿衣，顺便骂骂在管道中冻住的水，因为必须得在炉子上把水加热了才能用，两个小时来吃三餐（也不是为我自己吃的，而是为娜塔莎姨妈吃的，她总是埋怨我不去看她、不听她讲话、不会照顾自己、不去呼吸新鲜空气、不去陪她买东西或参观什么地方），十六个小时来画画。作品怎么完成得那么慢，我的迭戈！如果可以的话，我甚至可以睡在画架旁，每浪费一分钟，就得少画一分钟。我那时想在一年之内完成四年的工作，超过所有人，拿下罗马大奖①。我的激情惹火了娜塔莎姨妈。一个晚上，我本来答应陪她去剧院，但在看到那些想娱乐一番的充满期待却又空洞的面庞时，我想，我不在自己的画架前，在这儿做什么？我当即掉头，把姨妈留在了空地上。第二天早晨，她不想给我开门。我不知道为什么，因为我什么都不记得了。我想绘画就是这样吧，会让一个人忘记一切，让他失去时间观念，忘记他人，忘记责任，忘记围绕他的日常生活却不做任何提醒。在教学画坊里，一天下午，我穿过大堂，想去拿瓶汽油来清洗我的调色板，我清楚地听见那个西班牙女孩在高声说话，她那么大声就是为了让我听到："最开始总是会有极 —— 其 —— 卓 —— 越 —— 的进步，不 —— 同 —— 凡 —— 响 ——，不 —— 可 —— 思 —— 议 ——，最开始总是能让老师们惊艳，难的东西在后面呢，等最开始那种线条里的不受束缚、新鲜大胆劲儿过去了，一个人就会明白，彻彻底底地明白，要学

---

① 即法国国家艺术奖学金。

的还多着呢，自己其实什么都不懂。"我继续走过去洗我的调色板，那个丹麦女孩人很好，她一定觉得我被这话伤到了，跑过来帮我整理我的静物画摆件 —— 杯子、三个橙子、正好映着杯子的杯里的勺子、叠起来的餐巾、面包片。我没有被伤到，但是西班牙女孩的话一直在我的耳中嗡嗡响，晚上我睡不着，想着，要是我突然也失去了这样毫不费力的才华呢？如果突然间我卡住了，意识到自己什么都不懂呢？如果我突然开始自我批评，让自己瘫痪不前，或是到达了天分的尽头呢？那将会像失去了灵魂一样严重。迭戈，我那时只为绘画而活；一切在我看来都是纸上的图画 —— 人行道上飘起的裙角、在我附近吃饭的工人的粗糙双手、面包、红酒瓶、一位女士的长发泛起的铜色光泽、叶子，还有第一棵发了新枝的树。我从来都不会在街上（打个比方）因为一个小孩本身而停下来看他。我会把他看作纸上的线条；我要准确地捕捉到那小下巴的纯真、小脑袋的浑圆，还有总是小小的鼻子，为什么孩子永远都那么可爱，我的宝贝？甜甜的小嘴，总是动个不停，我得在最短的时间里画好，因为小孩子总是连五分钟都静不下来，但是我看的并不是孩子,而是他们的线条,他们的轮廓,他们的光线,我甚至都不会问他的名字。顺便问问,你还记得那个能睁着眼睛睡觉的年纪有些大的比利时模特吗?

现在一切都不同了,看到那些穿过马路去上学的孩子,我难过极了。他们不是画,而是有血有肉的孩子。我会问自己他们穿得够不够暖,他们的母亲有没有在他们的书包里放些午后点心,或许是一块小巧克力面包。我想,我们的儿子本可能是他们中的一个,我觉得我可以用任何东西 —— 我的事业、我的画家生涯 —— 去换取看他穿上蓝白格的围兜校服的机会,我会亲自为他穿好校服,用梳子梳好他的头发,嘱咐他不要把手指染满墨水,不要弄破校服,不要……总之,就是在这个时间,巴黎所有的家里兴高采烈的母亲把他们的孩子抱在怀里时会做的事。生命的代价很残酷,迭戈,它会扣掉那些我们认为是自己生命之源的东西 —— 我们的事业。我不仅失去了我的儿子,也失去了我创造的可能性;我已经不会画了,我已经不想画了。现在我可以在家里工作,所以并不会好好利用时间。这个冬天很漫长,下午四点天就黑了,在电灯亮起来之后,我不得不花一到两个小时的时间去适应它的光线。你还记得吗？你那时说蓝眼睛之所以蓝，是因为捕捉不到颜色，而你的土地上的女人都是咖啡色的，像泥土一般圆润，像沟渠、木头一样坚决？现在这双褪色的眼睛弱了很多，调整、校正，让它们聚焦都极其费劲。我坐在桌前，腿上盖着毯子，这是唯一能让我的腿不麻的办法。我的工作进展得很慢，很艰难。现在真想有一位娜塔莎姨妈好让我去探望，但她已经去世了，我都不知道还能再抛下谁不管了。再见了，迭戈，原谅你的这个安赫利娜，尽管有《花月》杂志的约稿任务在桌上等着她，她都打不起精神来。拥抱你，并且再次对你说，我爱你，永远爱你，无论发生什么。

　　　　　　　　　　　　　　你的齐耶拉

1922年1月2日

在桌上的纸的中间，不同于往常的草稿，我写下了一行自己都认不出的字："现在是早上六点，迭戈不在这里。"从前我在白纸上只会画画，从不敢用它做别的，现在我吃惊地看到了自己歪歪斜斜的字迹："现在是早上八点，我听不到迭戈的动静，听不到他去上厕所，从门口走到窗户，缓缓地凝重地看着天空，像他从前经常做的那样，我想我要疯了。"在这行字下面是："已经上午十一点了，我已经有点儿疯了，迭戈绝对不在这里，我想他再也不会来了，我在房间里走来走去，像个失智的人。我没有什么事情可做，版画也画不出来，我今天不想再温柔、恬静、端庄、温顺、善解人意、隐忍，这些都是我令朋友们赞赏不已的性格特点。我也不想散发母性；迭戈不是个大孩子，迭戈只是个男人，他不给我写信是因为他不爱我，已经完全忘记了我。"最后的几个单词写得很暴力，几乎把纸都划破了，我在自己幼稚的情绪发泄面前哭了起来。我是什么时候写的？昨天？前天？昨晚？四个晚上前？我不知道，我不记得。但是现在，迭戈，看着我写的胡话，我想问你，也许这是我这辈子问过的最沉重的问题："你已经不爱我了吗，迭戈？我希望你坦诚告诉我。你已经有了足够的时间去思考，如果你没有机会把你的想法付诸文字，至少可以用无意识的方式来做个决定。现在已经到了你该这么做的时候了。否则，我们将要去承受一种毫无用处的折磨，仿佛牙痛，无用而单调，而且只有同一个结果。问题是，你已经不给我写信了，如果我们就这么任时间过去，你会写得越来越少，过些年我们就会形同陌路了。至于我，我敢肯定，臼齿会一直疼下去；直到烂到根里；所以，如果已经没有任何东西能促使你向我回心转意，你一次就把我的牙拔下来，不是更好吗？我不时能收到寄来的钱，但是你的字条却越写越短，越来越冷漠，上一次收到钱时，你甚至连一行字都没写。我就这样一直用一行"我还好，希望你也是，问候你，迭戈"来滋养着自己，看着你可爱的字迹，我试着猜测其中的隐秘信息，但是那么草草写出的简单几行字里，实在没有给想象力发挥的空间。我反复看着这句"希望你也是"，想道，迭戈希望我很好，但是我的忍耐力持续不了多久，我没有任何能支撑它的东西。我应该因此明白，你已经不爱我了，但是我不能接受。不时地，我会像今天一样有一种预感，但我不惜一切代价地想把它抹除。我会用冷水洗澡，想吓走我身体里盘旋的不祥之鸟；我会走上街，去感受寒冷；我试着让自己保持积极，但实际上却在胡思乱想，躲藏在过去里，我不断回忆起我们刚认识那会儿的事，那时我总是紧张又喜悦地等着你。我会想，在这人群中，在白日下的这些人里，在这些从拉斯巴耶，不对，从蒙帕纳斯地铁口顺着楼梯走上来的男男女女间，他会出现，不，他永远都不会再出现，因为这只是我的想象，所以我就待在这家咖啡馆，坐在这张圆桌前，不管我的双眼怎样睁大，心脏怎样跳动，我都不会再看见任何有些许像他的人了。我一直在颤抖,迭戈,甚至无法把杯子送到唇边,你怎么可能像一个正常的凡人一样走在街上,又选了右边的人行道呢;只有奇迹发生,你才可能出现在那一堆低垂着头的、灰暗的、没有面孔的人里,昂着头向我走过来,带着那个我一想到就会感到温暖的微笑!你那时丝毫不知我内心翻滚的痛苦期待,你坐在我身边,看着读《伦敦时报》的印度人和用叉子抠指甲泥的阿拉伯人。我仍然能看到你那没有上油的皮鞋、你的旧羊毛帽、你皱皱的裤子、你高大如纪念碑的身形、你鼓鼓的顶在前面的肚子,我想没有任何人能把这样破旧的衣裳穿得这么威严庄重。那时听你说着话,我的心烫烫的,你炽热的双手抚摸着我的大腿,让我连喘息的机会都没有,但我却显得很冷静,你说:"你真是能让人静下来啊,安赫利娜,那么柔缓,真是应了你的名字,我都能听到翅膀轻柔挥动的声音![1]"我像吃了什么药一样,你占据了我的所有思想,我极其害怕让你失望。我甚至想在当晚给你发去电报,修

---

[1] 安赫利娜(Angelina)这个名字有天使之意。

补美化一下我们的相遇，因为我一直在复习我们说的每一句话，懊恼着我的笨拙、我的紧张、我的沉默。迭戈，我在脑中重新塑造了一个理想的相遇，好让你在重返工作时，能确信我配得上你的青睐。我一直在抖，迭戈，我能意识到自己的感情和断续模糊的欲望，我有那么多想和你说的话，我一整天都在对自己重复会和你说的话，但很快再见到你时，却说不出口，夜里又在枕头上哭到疲累，我咬着自己的手："明天他不会赴约了，明天他肯定不会来。他能对我有什么兴趣呢？"第二天下午，我在大理石圆桌前坐着，邻桌分别是一个同样望着街道的西班牙人和一个把糖罐里的所有糖都倒进咖啡的土耳其人，他们对我的绝望、我手间的杯子和我的双眼一无所知，我的眼睛正在贪婪地寻找那一团从街上走来的无名的灰色，你一会儿会化身在其中，向我走来。

你爱我吗，迭戈？虽然很痛苦，但我必须知道答案。迭戈，你看，我们在一起了那么多年，我的性格、习惯，总的来说，我的整个人都完全变了：我变得非常墨西哥，因为和你的*亲近*，我和你的语言、你的祖国，还有成千上万有关的小细节都连接在了一起，我觉得和你在一起时，自己才最不像异乡人，在任何其他地方，我都不会找到这种感觉。回到我的家乡是绝对不可能了，并不是因为那些政治事件，而是因为我已经对我的同胞们没有认同感了。而且，我已经很习惯和你的同胞在一起了，在他们中间我更开心。

是我们的墨西哥朋友们鼓励我的，他们说，我可以靠教课在墨西哥维持生活。

但这毕竟是次要的事。重要的是，如果你已经对我没有任何感觉，如果一想到我的出现就让你不舒服的话，那我就真的找不到能促使我踏上你的土地的动力了。如果不是这样的话，我也许还能对你有点儿用，给你磨颜料，帮你做模印，像战争期间我们在西班牙和法国一起生活时那样，所以，迭戈，我想请求你把你的意图明说出来。这星期，与旅居巴黎的墨西哥画家们之间的友情给了我很大的支持，尤其是安赫尔·萨拉加[1]，他那么和气，拘谨到显

---

[1] 安赫尔·萨拉加（1886—1946），墨西哥画家。

得腼腆。和他们待在一起，我感觉自己像是在墨西哥，离你近了一点儿，尽管他们没那么善于表达，都很谨慎，也没那么自由。而你，总是能在你的所到之处卷起一阵旋风。我记得有一次扎德金问我："他是不是喝醉了？"你的醉都来自你的图像、言语和色彩；你讲话的时候，我们所有人听着，都将信将疑。对我来说，那时的你就是一阵可切身体会的旋风，你的存在令我深陷于陶醉，和你在一起时，我也有点儿像是这世界的主人。埃利·福尔有一天对我说，你走后，关于一个超自然世界的传说的源泉便枯竭了。我们这些欧洲人需要这些新的神话，因为在欧洲，诗歌、幻想、感官智慧和精神的活力都已经死了。我们需要你塑造的那些关于太阳和世界上最初居民的寓言，还有你的神话，我们想念曾经存在过的羽蛇神形状的太空飞船，它在天空盘旋，最终停留在了墨西哥。我们已经不会再这样无节制地带着那烈性的叛逆、那热带的躁怒看待生命了；我们更加不直接，更加置身事外，更加会隐瞒伪装。我从来都不曾像你那样表达过；你的每一个表情都是创造性的，是崭新的，仿佛你刚出生一样，一个未被碰触过的人，一

《小女孩像》,安赫尔·萨拉加绘,1920年

《狂欢节》芭蕾舞剧服饰,莱昂·巴克斯特绘,1910年

个无瑕的人，带着一种伟大而无法解释的纯洁。我曾和巴克斯特[1]说过这句话，他回答我说，你来自一个同样初生的国家。"他就是个野人，"他回答道，"野人们是没有被我们正在衰败的文 —— 明 —— 污染过的，但是你要小心，因为他们一口就能吞下去小小的白种女人。"你看见了吗，迭戈，在我们的记忆里你多么鲜活！你也看到了，我们很难过。埃利·福尔说，他给你写的信你都没有回。你会在墨西哥做什么呢，迭戈？你会在画什么呢？我们的许多朋友都走了。玛丽·布兰查又去布鲁日画画了，她说她试着租到了我们曾住过的那栋房子的一个房间，我们那时在那里那么幸福，那么快乐，你起床去看朝阳，那些正往集市去的女人看到你赤裸裸地站在窗户栏杆那儿，都扔下了她们装番茄的篮子，高举手臂画着十字。胡安·格里斯[2]想去墨西哥，他还指望你帮忙呢，你向他承诺过，会带他去见你们国家文化学院的院长。奥蒂

---

[1] 莱昂·巴克斯特（1866—1924），俄国画家、时装设计师。

[2] 胡安·格里斯（1887—1927），西班牙立体主义画家。

斯·德萨拉特[1]还有安赫尔·萨拉加则想再留一段时间，利普希茨[2]也提到了他的旅行，但是最近我已经没了他的消息，因为他不再来看我了。毕加索去了南方，找阳光去了；泽亭一家一点儿消息都没有，之前的哪一封信里我已经告诉你了。有时，我会想，这样更好。我和海登联系的频率和给你写信的频率差不多，他敞开怀抱，对我说："但是，安赫利娜，你觉得信多长时间会到？很长，很长时间，一个、两个、三个月才能到，你每八天半个月就给他写，都没有给他时间回你呀。"他的话让我平静了一些，不过也没有完全平静，但不管怎么说，我觉得自然规律也是和我们对着干的同谋。我想提醒你，法国和墨西哥之间有轮船航线，但我觉得这一点儿用都没有。扎德金就没有那么好了，他一边搂着我的肩膀强迫我走在他身边，一边对我说了些可怕的话："安赫利娜，你不知道吗？靠怜悯是逼不出爱情的。"

---

[1] 奥蒂斯·德萨拉特（1885—1946），智利画家。
[2] 雅克·利普希茨（1891—1973），生于立陶宛，立体主义雕塑家。

《静物果盘和曼陀林》,胡安·格里斯绘,1919年

《毕加索在园亭咖啡馆》,奥蒂斯·德萨拉特绘,1916年

我亲爱的迭戈,我用力地,绝望地,跨过隔开我们的大洋拥抱你。

> 你的齐耶拉

1922年1月17日

你没有写信评价我的画稿,所以我只能自己一个人全力以赴,因为《花月》杂志不能再等了。我先画了些静物画,瓶子和水果,曲线,彩色的圆形,把它们画在一张拐角桌上,这样可以打破那些圆,因为这几个月里,我画的形象都不是几何形的,相反,都是浑圆柔缓的,我已经不能再像从前一样散开那些线条了,与之相反,我在保留它们的同时把它们都裹在了蓝色的光里;你曾说,我在你眼前走动时,就是被蓝色的光环绕的。之后,我毫不犹豫地开始画城市风景,也没有什么原因,我画了一些孩子的脑袋和面孔,我自己觉得是我画得最好的一次。来到我指腹间的是我的儿子。我画出了一个一岁半的孩子,忍着疼痛,歪着脑袋,几乎是透明的,就像四年前你画的我,我很喜欢那个形象。我的色彩没有光泽,它们很黯淡,最有说服力的自然是不同调子的蓝。你看,无论有多苦,我还是工作了的;这是我的事业,我虽然会抱怨,但手还是在流动的,画也在缓缓地流动。同时,你那可爱的声音在我耳边回响:"像玩儿一样,安赫利娜,去玩儿,像毕加索要求的那样去玩儿,不要把什么都看得太严肃了。"于是我试着让自己的手轻盈起来,让画笔舞蹈起来,甚至会松开它,让我的手摇得像个木偶。我记得你的墨西哥游戏:"我有小手,我没有小手,因为它们脱落了。"回头再看画布时,我已经没有能力再玩儿了,我死去的儿子就在我的指间。然而,我相信我捕捉到了一阵隐秘的颤抖,一种奇异的透明。

战时结下友谊的俄国朋友阿齐边科和拉里奥诺夫[1]来过,但我没有陪他们去园亭咖啡馆,因为那会让我的情绪

---

[1] 亚历山大·阿齐边科(1887—1964)和米哈伊尔·拉里奥诺夫(1881—1964)都是先锋派画家。

过于波动，家里也没有任何可以招待他们的，连杯伏特加都没有，所以，他们很快就走了。他们看到了我桌上正等待我的白纸，便恭敬地道了别："我们不想占用您的时间，您正在工作呢。"扎德金可不是这样，有一天他来了，问了我你的画都在哪儿，然后就在那边一幅一幅地翻看；我拿出了一幅你没有署名的油画，有些像《闹钟》的那幅，他对我说，罗森博格[1]也许会对这幅画感兴趣。他还说伊利亚·爱伦堡[2]卖给了他一幅你的画，280法郎，卖得很好；罗森博格的眼光很好，像疯子一样不停地买。"您不该这么受罪的，为什么不卖几幅这里的画呢？我敢打赌您根本没有试过卖它们。"我回答他说，不卖，那些就是我的命，如果去墨西哥的话，那些将是我仅有的行李。他摇了摇头，又问了我一句："您为什么不把俄式茶壶放到火炉上呢？"我告诉他，我已经没有这个习惯了。"您没有茶吗？""没有。"于是他走了，回来时带着一个从达卢街买回的铝盒

---

[1] 莱昂斯·罗森博格（1879—1947），法国知名艺术品收藏家、艺术商人。
[2] 伊利亚·爱伦堡（1891—1967），苏联作家、记者。曾在巴黎蒙帕纳斯生活。

《静物罐》,安赫利娜·贝洛夫绘,1914年

子，然后命令道："现在我们该喝茶了。"他做事情就是这样亲切又粗鲁，什么都不能让我讨厌他，哪怕他停在你的画稿前，神经兮兮而又专断地发表评论时也不能。"就像他自己一样，"他叫道，"占了一切空间。他就不知道什么叫沉默。""正相反。"我回答道，随后向他描述了你创作前的沉默。那是我第一次说了这么多，说了很久很久，至少对我来说是，扎德金安静地看着我，随后摇摇头："您现在太墨西哥化了，都忘了怎么沏茶了。"我确实努力了一下，故意沏坏了茶。奥西普·扎德金在晚上九点离开了。他红红的脸颊、粗硬的头发、干脆利落的举止和他的天真良善都让我快乐。睡觉时我很开心，因为我喝了茶，还谈起了你，因为他的友谊给了我慰藉。

迭戈，我用我全部的灵魂拥抱你，就像我用我全部的灵魂爱你一样。

你的齐耶拉

1922年1月28日

从朋友那里得知,你也在给玛蕾芙娜·沃洛别夫·思德贝尔斯卡①寄钱(从这件事中我见识到了你的高贵),但今天,为了不再让我有丝毫怀疑,你寄来300法郎,托我给她捎去,用你潦草的字迹请求我一定把钱带到,因为,在你看来,我是世界上做事最周全最负责的一个人。但这有些过了,不是吗,迭戈?我请费舍尔②把钱送过去了。

---

① 玛蕾芙娜·沃洛别夫·思德贝尔斯卡(1892—1984),生于俄国的著名立体主义及点彩画派画家。
② 亚当·费舍尔(1888—1968),丹麦雕塑家。

我再也没见过她们，玛蕾芙娜和小玛丽卡都没有见过，但是他们和我说，她长得很像你。尽管你将我当作你最信任的人，而且我也对此表示感激，但我还是不能去见她们，因为我会嫉妒，也无法压抑这种情感。你告诉我这件事是对的，迭戈，我并没有任何责怪你的意思，毕竟，那天在园亭咖啡馆，当你问起"那个可爱的高加索女孩是谁"时，是爱伦堡把你介绍给玛蕾芙娜的，那会儿玛蕾芙娜也是想和我做朋友的。但我的妒忌太过炽烈，我连想起她们都忍受不了。我会想起我们死去的儿子，随即巨大的绝望就会侵入我的身体。当我想和你再要一个孩子时，哪怕你就要走了，就要丢下我回墨西哥了，你也拒绝了我。玛蕾芙娜有一个你的女儿，还活着，还在成长，而且长得像你，尽管你称她为"停战协定之女"。你曾是我的情人，我的儿子，我的灵感来源，我的上帝，现在你是我的祖国；我感觉自己是墨西哥人，我的语言是西班牙语，虽然在说西班牙语时总是磕磕绊绊。如果你不再回来，如果你不再联络我，我不仅会失去你，还会失去我自己，失去我本来能成为的一切。而对于玛蕾芙娜来说，你只是又一个人而已。

你自己和我说的:"因为停战了,只为了这件事,战争结束带来的疯狂喜悦让所有的女人都张开了臂膀去迎接所有的男人。生命就是这样向死亡复仇的。"玛蕾芙娜·沃洛别夫·思德贝尔斯卡总是待在我们的俄国朋友间,在园亭咖啡馆坐在波里斯·萨文柯夫[①]旁。一个晚上,她几乎怒吼着告诉我们,她曾是高尔基的情人,我们本以为她是爱伦堡的情人的;在蒙帕纳斯,她向我们走来的随性的样子总是很惹人注意。我那会儿没有时间分给玛蕾芙娜,唯一让我感兴趣的事就是看你在朋友间的样子如何转变,最开始你只是听着,争论渐渐升温后,你便开始吼叫着发表你的观点,西班牙语里夹杂着法语和俄语词汇;你发明着语言,随心所欲地扭曲着它,打破着界限;你的想法超越了语言的局限;你明亮得令我们所有人都吃惊,尤其是我,我每一天都在上课,学习你的语言,一遍遍地带着课堂的严谨重复着语法规则,从不冒险。我那么清楚地记得,我们的朋友的目光都集聚在你身上!玛蕾芙娜也不例外。她惊异

[①] 波里斯·萨文柯夫(1879—1925),俄国革命者、作家。

《玛蕾芙娜像》,迭戈·里维拉绘,约1915年

而专注地看着你,仅凭她仰慕你这一点,我就和她成了朋友。是的,她那时是我的朋友,而你让她怀了孕,但你和我却继续着生活。我觉得朋友们都站在我这一边,而不是她那边。她是情人,而我是妻子。在和她有了关系之后,你就病了。我们去了佩里格吃牡蛎疗养,之后你又想吃清淡的东西。你和我一起经历了同样的惩罚。你给我讲了一切,玛蕾芙娜的疯狂,她对你的胡乱纠缠,还有在你看来这种纠缠所代表的危险。我听你讲着,与你分担了一切;玛蕾芙娜也是我的刽子手。

  我们会分享一切,迭戈,当有一块奶酪、一块大面包、一瓶红酒时,我们会把朋友们叫来共享美食。你还记得我在黑市弄到的大腊肠吗? 还记得莫迪里安尼[①]差点就把它吃光了吗? 还记得海登藏在大衣缝里带来的卡门干贝酪吗? 他从窗户探身出去的时候差点掉下楼去。宝贝,那是怎么样的一段时光啊! 我们吓坏了,却笑得像孩子一样! 你还记得亚当·费舍尔带到家里的一升红葡萄酒吗? 他在

[①] 阿梅代奥·莫迪里安尼(1884—1920),意大利表现主义画家、雕塑家。

路上没忍住，尝了一小口，在一个街角又尝了一口，在我们画坊楼下的大门那儿又来了第三口，到我们家时他已经晕了，因为太久没有喝过红酒了。玛蕾芙娜也是我们这群朋友中的一分子，从某种角度来说，她背叛了我们所有人。另一个星期四，我又去看小孩子了——我有时会惊诧地发现自己在跟踪小学生，并和他们一起坐在卢森堡花园看起了吉尼奥尔①。其中有一个高个子女人的角色，她的刘海像箭一样散在碧蓝的眼睛上，让我想起玛蕾芙娜。她在剧中也做了玛蕾芙娜做过的事——她扇了每个人一记大耳光，让观众都笑出泪来。她像个野兽。所有的人都用言语交流，而这个金发木偶是唯一用打人的方式进行沟通的，所以孩子们纷纷开始高声地叫她；他们想看她是怎么扇第一个和她发生口角的人的。她很受欢迎，玛蕾芙娜那时也很受欢迎，连我都喜欢她。不再说玛蕾芙娜了！你还记得我们从马略卡岛带回来的那一小瓶沙子吗？在圣文森特海湾捡的，你把它粘在画布上，让沙子保留了它原本的

---

① 吉尼奥尔是法国一部木偶剧及其主要角色的名字。

《迭戈·里维拉像》,阿梅代奥·莫迪里安尼绘,1914年

《煎饼磨坊的舞会》,皮埃尔-奥古斯特·雷诺阿绘,1876年

质感。我在哪儿都找不到它,这让我很痛苦,因为我还记得你面对地中海时的感动,还有我们脚上流动的海水。我之所以想找到它,是因为我正在画一幅有水的风景画,我想重新感受一下那片沙滩的一部分。

我的工作进展得很慢,远远画不出鸟儿如何鸣叫,像雷诺阿[1]要求的那样。但是我终究是你的鸟儿,永远地在你的指间筑了巢。

你的齐耶拉

---

[1] 皮埃尔-奥古斯特·雷诺阿(1841—1919),法国著名画家,印象派代表。

1922年2月2日

终于来了一封有墨西哥邮戳的信。我焦急地打开了它，是爸爸寄来的，我那么地爱他。他状况很差，我知道后难过极了，因无法见他而感受着真真切切的疼痛，但我不会再多和你讲我想见他们的愿望了，迭戈，因为要你主动才可以，否则……再坚持就讨人厌了。现在，我想我可以待在他身边，照顾他，回报一下他的书信带给我的那么多温暖。我给他回了信，询问了一下墨西哥那边的状况，问起了你的母亲和她繁忙的工作，问了问家里怎么样，你的姐姐玛丽亚好不好，还有你在做什么。我相信他会给我写信的，从他简短的几行字里，我能感觉出来，他有一颗宽厚的心。你的父亲管我叫女儿,这让我很兴奋;他会想,我是你的妻子,他知道我是你的妻子,也就是说,你没有另一个妻子,只有我,而这一点,迭戈,给了我无尽的安慰,尽管你一直沉默,我想大概是因为你的工作过于繁重吧,而且环境也变了,还有那么多要开展的项目,还有那些你会在傍晚开始的漫长的与别人的争论谈话。我能想象你坐在一张桌前与人交换想法的样子,你会摇着头,强迫他们思考,用你的激情点燃他们,激怒他们,最后你会在怒火中爆发,就像我告诉你我怀孕了的那一刻一样——你吼叫着,威胁要从七楼跳下去。你疯狂地打开了窗户的插销,冲我怒吼着:"要是这个孩子烦到我了,我就把他从窗户扔出去!"从那一刻开始,你的生活就变得十分匆忙,仿佛要把整个人生都压缩在一个小时内过完一样。你甚至每天画二十个小时的画,只留四个小时来睡觉,你狂热到开始自言自语。我只好叫来了医生,他对你说:"怀孕的是您夫人,而不是您啊。"你回答说:"我们怎么可以把一个孩子带到这个不人道的世界上来呢?他怎么可以在我的画改变世界之前就到来呢?"你和我说起了那些因为不想再打仗而逃跑或造反的法国士兵,说为了让他们继续接着打,那些人甚至动用了机关枪来威胁他们。你不停地重复,在欧洲这样一个荒谬的不人道的残忍的世界,把孩子生出来就相当于犯了弑婴罪。你用这个想法折磨着我,就像我用我的怀孕折磨着你一样,但那时我想要个孩子,迭戈,你和我的孩子。然而,我更想要的一直是你。其他女人会照顾他,但是他是我的儿子,很快,当他不再发出那些折磨你的尖叫时,她们就可以把他带到画坊还给我了。冬天来了。今天,我仍然能听到人们说:"唉,1917年的冬天啊!"孩子死了,而你和我,挨过了所有的贫苦。阿波利奈尔[①]是在一年后死的。我听你说过一次:"阿波利奈尔和我儿子的死因相同,他们都因人类的愚蠢而死。"我记起了一首阿波利奈尔的诗,现在就抄在这里:

"总之,哦,爱笑的人们啊,你们没能获取人类的伟大之处,几乎没能从他们的穷困中提出油脂,但

[①] 纪尧姆·阿波利奈尔(1880—1918),法国诗人。

我们，因人与人活得太过疏离而死去的我们，伸出了手臂，就在这轨道之上，滑过了满载的火车。"

就是从那时起，你开始说，简直不可思议，人类居然还在继续忍受会制造战争的制度。你一遍又一遍地喊叫，说很快就会有解决办法了；而我则和我的俄国同乡 —— 移民过来的我的革命者朋友们 —— 讨论了很多次在未来的社会秩序中，绘画会是怎样的。每一天我们都期盼朋友从前线回来。就是那时，我注意到了你的乡愁，你转动眼睛，望着一个苍白的太阳，同时回忆着另一个，在内心深处，那时你已经想走了。你已经厌倦了欧洲，它的寒冷，它的大型战争，拖着装备颓败返乡的军队，还有阿波利奈尔的死，他回来时我们都认不出来了，缠着绷带的脑袋里有一片碎弹片，一切都让你觉得恶心。是你该走的时候了。唯一有可能留下你的就是你的儿子，但他也在雪下长眠了。我也想跟你走，可是连买一张船票的钱都没有。我已经收不到圣彼得堡寄来的救济金了，一切都被战争切断了，战争从深处粉碎了你和法国的关系，我们儿子的死粉碎了你和我的关系。我已经预料到了，我也接受。我那时坚信我会在之后赶上你,这十年的共同生活并不是徒劳一场,不管怎么说,我都是你的妻子,我肯定你爱过我。我只能看着你给我画的画像来感受你的温柔;我能从画像中我轻垂的头和眉梢的柔缓感受到它,还能从宽宽的额头感受到它,仿佛你想以此表达你所感受到的我的聪慧和敏感;惊奇的眼睛透着对生活的赞叹;正在思索的嘴唇带着一丝微笑。我看到了三个安赫利娜——孕前的、怀孕中的和生产后的,我看到了我的鼓起的肚子,你的笔尖曾轻缓地在那里停留,"迭戈,孩子",你写道,在布面的另一个角落里是"甜美的安赫利娜"。

有一次你对我说:"这里画的都是深色背景衬托的白皙面孔。在我的国家,画的都是浅色背景衬托的黝黑面庞。"现在我知道了,你这么说,是因为你想念那钉进视网膜的光,而当时我却以为,你这么说是因为我是最透明、最清澈的。一天,你说:"你这么苍白,几乎是透光的,我都能看到你的心脏。"另一天,我正要在你的面前坐下,你一抬眼,我听到了这句话:"你的脸真是白得不可思议,总像是从黑暗里浮上来的一样。"我本以为你为白色着迷,直

《安赫利娜·贝洛夫像》,迭戈·里维拉绘,1909年

到那个早上你令我吃惊地说:"这里只有胡安·格里斯是个穆拉托①,但他隐瞒了这一点,坚持说他自己是西班牙人。他好的地方都来自黑人,坏的才是白人血统留给他的。他装成西班牙人,是因为法国城里人都看不起西班牙语美洲的人。但是,即使这些苍白的皱巴巴的欧洲人想像美洲豹那样潇洒地走,他们都做不到。快让阳光烧一烧他们没有营养的枯萎的皮肤,给它上上色吧。安赫利娜,欧洲的皮肤真是又老又朽,布满了灰尘!"我受到了伤害。我并不想把这些话往我身上套,但我做不到。欧洲用她的苦难、她过期的黑面包、她的疲倦和战火填满了你的盘子,可你的批评越来越多:"工厂的警报真阴森!工业简直太可悲太可怕了!在我的国家,人们吃饭时的态度是很神圣的,像神明吃饭时一样从容。"

我经常想,你不给我写信也不给我寄旅费,是因为你害怕在墨西哥的二人生活会很艰难、很复杂。关于这一点我想了很多,我觉得,我们两个从来都没有在你的国家一

---

① 穆拉托,指黑白混血人。

起生活过，也许我们可以建立一种生活方式，我们都只需给对方自己愿意给的东西。你永远都如往常一样工作，我会去教课，画人像画，尽可能地去赚钱，这样，我大部分时间都不会在家，只在晚上与你见面，这样，我们的结合就是建立在工作和良好的意愿上的，既是相互陪伴的，又是相互独立的。我从来都没有想介入你的独立，迭戈，从来都没有，甚至在玛蕾芙娜那件事上都没有，你知道的，你告诉我时我就接受了；我总是希望能让你的生活更方便些，这样，尽管穷，你也可以好好画画。即便是现在，只要能帮你调颜料、洗画盘、把画笔摆到最完美的状态、做你的助手并且不再困惑，我就满足了。在这里，在巴黎，我们当时的生活非常艰难；在那里，在墨西哥的阳光下，也许就不那么难了，而我也会尽力做一名好妻子。有一次你对我说："齐耶拉，你真是我的好妻子。在你身旁，我好像是一个人在画画。你从来都不打扰我，我一辈子都会为此而感激。"在墨西哥我也不会烦你，迭戈，我向你保证。自从离开了圣彼得堡，我一直能一个人维持生活。当我带着一公斤土豆或一块奶油回家时，当你一口气就吃光我第

《玉米节》,迭戈·里维拉绘,1923—1924年

一次做就成功了的墨西哥米饭时，你会用你自己的法国黑话叫我机灵鬼。我的父母教会了我如何讨生活；因为这个巨大的礼物，我欠了他们太多，可是我却始终没有机会报答。我的家庭是那种中产阶级家庭，是俄国的自由主义和激进主义的源泉，我的父母要求我要有一份职业。像一个男孩子一样，我需要准备好自己，不断练习，知道应该怎样工作。他们真的很有智慧，因为在催促我前行的时候，他们交给了我掌握自己幸福的钥匙。获得经济独立是我最令自己满意的事之一，我也很自豪自己是我这个时代走在前面的女性。即便是因为参加学生罢课而被艺术学院退学时，我的父母都没有对我失去过信心，甚至都没有说我一句。当院长重新接收我时，他们像往常一样骄傲地看着我，对我说："没有别的方式，安赫利娜说得有道理，她是在争取正义。"父母去世时，我知道了，纪念他们的唯一方式就是继续我的事业，因此我才来到了巴黎。那时，到巴黎北站的俄国学生真多啊。达基列夫[1]和我是同一天到的，扎

---

[1] 谢尔盖·达基列夫（1872—1929），俄国艺术评论家、俄罗斯芭蕾舞团创始人。

德金比我们早一个星期。几乎每天都有一个俄国人来，一个怀着热切希望、被巴黎的光芒晃晕的俄国人。靠着遗产，我租下了一个小开间，还有一个小厕所和一个没窗户的厨房，但我的条件比很多俄国同胞要好。过了一段时间，娜塔莎姨妈就来了，她是我在巴黎唯一的亲戚，总是每星期邀请我去她那儿，好给我做一顿——在她看来的——"好吃的"，让我强健体格，继续"那疯狂的艺术家生活"。

我是在园亭咖啡馆认识你的，迭戈，是一见钟情。你走进来，身材高大，戴着你的宽檐帽，眼睛很突出，微笑很和气。我刚看见你，就听见扎德金说："墨西哥牛仔来了。"其他人喊道："异域风情的人来了。"我对你很感兴趣。你用你一米八的身材，你乱乱的卷曲的胡子，你的好男人的脸庞，尤其是你脏脏皱皱的衣裳填满了门框，你穿着那一身，仿佛随时都有可能因劳累过度而死一样，一看就是没有女人照顾。令我印象最深刻的是你笑容中的慈悲……在你周围，我能感知到一种磁场，之后，其他人也会察觉到。所有人都对你、对你无所顾忌说出的想法、对你毫无条理表达出的快乐感兴趣。我仍然记得你投向我的目光，惊异，也温柔。之后，当我们从桌前站起身来，两个人挨在一起，扎德金大叫："快看这两个人站在一起有多好笑 —— 这个是墨西哥野人，巨大惹眼；而她，是被淡蓝的光芒怀抱的瘦小甜美的姑娘！"以一种自然的方式，没有表决，没有嫁妆，没有经济上的协议，没有文书，没有契约，我们结合在了一起。我们两个谁都不相信资产阶级的原则。我们共同面对生活，就这样过了十年，我生命中最好的十年。如果能让我再出生一次，我仍然会选择这十年，迭戈，和你一起度过的、充满了痛苦和快乐的十年。我会继续做你的小蓝鸟，我会继续简简单单地做"蓝"，就像你习惯称呼我的那个"蓝"。我垂下脑袋，我最终受了伤的脑袋，把它放在你的肩上，亲吻你的脖颈。迭戈，迭戈，我如此爱的迭戈。

　　　　　　　　　　　　　　　　　你的齐耶拉

1922年7月22日

迭戈，从上次给你写信、收到你的消息到今天，像是过去了一个"永远"。我不想给你写信，因为对我来说，压抑心中的一些东西实在很难，而我现在已经确信，即便和你说了我的心里话也没什么用。我之所以拿起钢笔，只是因为你给我寄了钱，如果不对此表达感谢，就太没有礼貌了。我并不是为2月6日、3月10日和6月初的三笔分别为260、297以及300法郎的收款这么做的，已经过去四个多月了。但我确实给你寄了《花月》杂志上刊登的九幅插画，却没收到你的一行评论。收到的钱也没有你附上的哪怕一行字。如果我和你说，我宁愿要你的一行字也不要钱，也只是在某些方面骗了人而已；我宁愿要的是你的爱，这是事实，但是多亏了这些钱，我才能够苟活。我的经济状况极其不稳定，曾经想放弃绘画，想投降，去找一份在学校教书的或打字员的或任何其他每天八小时的工作，那会是全面的丧失理性，伴随它的是星期六去影院或是剧院，星期日去圣克卢或罗宾森散步。但我不想要那些。我已经做好准备继续下去，继续投身绘画，并接受后果：贫穷、伤心和来自墨西哥的你给的负荷。

通过埃利·福尔，我已经知道了你的墨西哥恋人，但我对你的感情并没有改变，我没有去找也不想找新的恋人。我感觉你的墨西哥恋情可能只是暂时的，因为我有证据证明事情通常都是这样的。我知道你也没给玛蕾芙娜写信，只是寄钱给她而已；不过为了不伤害我，你不再通过我，而是通过亚当·费舍尔转交。你看，消息我都知道，但并不是我自己跑去打听的，而是你的和我的朋友们突然告诉我的，不用说，他们一定是想帮我，想把我从我正做着的梦里带出来。埃利·福尔说得很清楚："安赫利娜，您一直都非常稳重，知道该如何处理事情，但您现在真的需要重新开始生活了。和迭戈的一切都结束了，您这么好……"我已经不记得他之后还说了什么了，因为我根本不想听，也不相信。迭戈，你走的时候，我还抱着幻想。我觉得，无论发生什么，我们之间那些深层的联结仍然坚实，不应该彻底地断掉，我们对对方还是有用的。最让我痛苦的是想到你已经完全不需要我了，你以前总是大喊着"齐耶拉"，就像一个溺水的人急需谁扔下来一个救生圈那样。

但是，我也可以不停地写下去，只是你没有可以浪费的时间，也许这封信已经写得太长了。求你给我回信是没有用的；但你应该回一次，尤其是这封，因为它是最后一封纠缠你的信了，用你觉得方便但是*清楚*的方式。你不需要给我很多解释，只要几句就足够了，一封电报就好，重要的是你要说几句。作为结束，亲切地拥抱你。

齐耶拉

附：你怎么看我的插画？

《瓜达卢佩·马林像》,迭戈·里维拉绘,1926年

《弗里达·卡罗和迭戈·里维拉》,弗里达·卡罗绘,1931年

*

波特伦·沃尔夫为这些书信的撰写提供了许多信息，他在《迭戈·里维拉的奇妙人生》中提到，1935年，也就是十三年之后，在墨西哥画家朋友们的帮助下，安赫利娜·贝洛夫才得以第一次踏上她渴望已久的墨西哥土地。她没有去找迭戈，因为不想打扰他。当他们在墨西哥城艺术宫的一次音乐会上相遇时，迭戈从她身旁走过，甚至没有认出她来。

埃莱娜·波尼亚托夫斯卡
生平简历

1932年　5月19日出生于法国巴黎,母亲是墨西哥人,父亲是波兰人,其家族与波兰王室有关。

1942年　与母亲和妹妹一同回到墨西哥城。

1953年　开始从事新闻工作,采访对象包括墨西哥著名作家胡安·鲁尔福等,并萌生了对社会问题,尤其是对女性社会地位的关注。

1962年　出版第一部虚构作品——短篇故事集《理露丝·基库斯》;成为人类学家和纪实文学推动者、美国人奥斯卡·刘易斯的助手。

1969年　出版长篇小说《我的赫苏斯,直到不再见你为止》。本书取材于作家和一位墨西哥洗衣妇女的访谈;

从这本书起开始获得国内外评论界的关注。

1971年　出版纪实作品《广场之夜》，一举成为墨西哥最受关注的新闻人和纪实文学作家。

1978年　出版书信体小说《亲爱的迭戈，齐耶拉拥抱你》；同年获得墨西哥全国新闻奖，成为首位获此荣誉的女记者。

2007年　通过墨西哥文化部设立以她的名字命名的、在伊比利亚美洲内进行评选的小说奖。

2013年　获得塞万提斯文学奖，成为首位获得该奖的墨西哥女作家，也是第四位获得该奖的女作家。

主要作品

纪实作品

《一切从星期天开始》

《广场之夜》

《沉默是有力的》

短篇集

《理露丝·基库斯》

《阿德丽塔》

《卖云朵的女人》

长篇小说

《我的赫苏斯,直到不再见你为止》

《天空的皮肤》

《火车先走了》

附录：安赫利娜·贝洛夫画作

《村庄》，1910年

《托雷多风景》，约1913年

《粉房子》，1914年

《埃菲尔铁塔》，1926年

无题，1932年

《塔斯科》，1935年

《库埃纳卡瓦》，1941年

《女士》, 1944年

《迪坡斯特兰》，1948年

《静物船》，1948年

《阿胡埃胡埃特庄园》，1949年

《伊达尔戈大道》，1949年

无题，1953年

《查普特佩克》，1955年

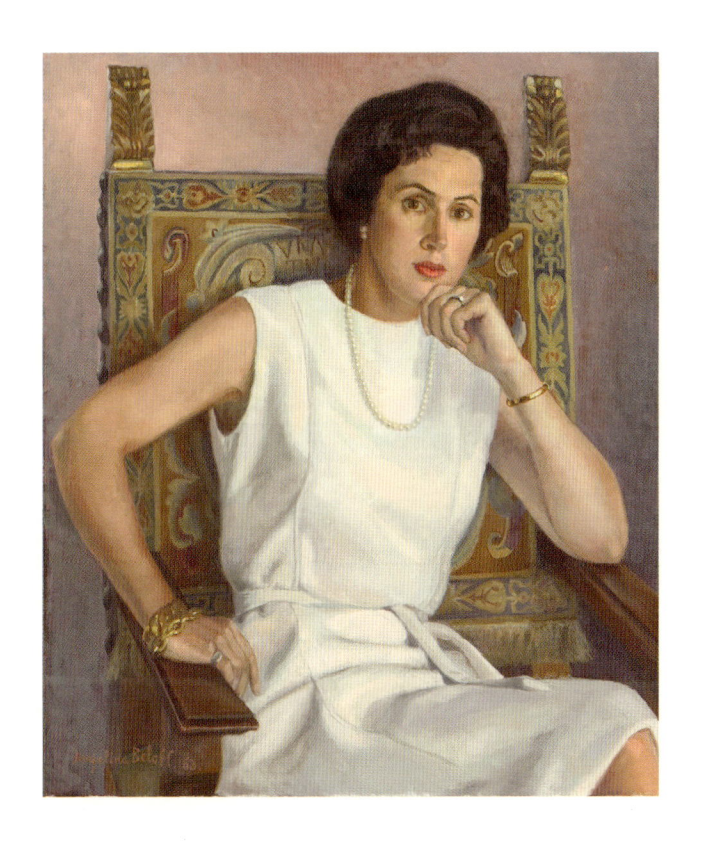

《劳拉·比利亚森诺尔夫人像》,1963年

《俄国教堂》

《童话插图》

《相会在俄式村庄》

《女人（第一台蒸馏器）》

Querido Diego

te abraza
Quiela